I0548034

NOTRE-DAME DU PUY.

LE
CHRISTIANISME,
MARIE ET SON CULTE.

PAR

Casimir Augier.

PRIX : 5o *CENTIMES.*

AU PUY,
Chez CLET IMPRIMEUR, ET CHEZ TOUS LES LIBRAIRES.

—

1845.

37712

PUY, IMPRIMERIE DE CLET.

NOTRE-DAME DU PUY.

LE
CHRISTIANISME,
MARIE ET SON CULTE.

On voyait autrefois de nombreux pèlerins,
Humblement prosternés, aux détours des chemins,
Courber, à son aspect, leur front dans la poussière,
Purifiant leur âme au feu de la prière,
Avant d'oser franchir les portes de ce lieu,
Tabernacle sacré de la mère de Dieu.
Ils avaient traversé les flancs des monts sauvages,
Aux éternels frimats, brisés par les ravages
Des élémens poussés à la destruction
Lorsque tout s'ébranlait dans la création.
Ils s'étaient égarés dans ces gorges profondes
Où courent en fureur de mugissantes ondes,
Torrents dévastateurs, impétueux enfants,

Engendrés par la nuit au sein des ouragans !
Il leur avait fallu gravir ces hautes cimes ,
Qui presqu'à chaque pas renferment des abîmes ;
De volcans assoupis vieux, cratères béants ,
Parsemés des débris de leurs foyers croulants :
Triste sol, en lambeaux, se déployant aride
Comme un champ dévasté de la zone torride....
Ici, d'énormes blocs en roulant fracassés,
Sur les pentes soudain s'arrêtant entassés ,
En sillons tortueux allongent leurs arêtes ,
Et restent menaçants au dessus de vos têtes.
Ils surgissent là-bas en jets pyramidaux ,
Ou portent les remparts de manoirs féodaux.

Polignac et Bouzols , ruines gigantesques ,
Attestant la vigueur des temps chevaleresques ,
Cadavres maintenant , se menacent encor ,
Et semblent sommeiller jusqu'au rappel du cor.
Les murs cyclopéens de ces grandes rivales
Se dessinent de loin en formes colossales ;
Interdit , on se prend à chercher du regard
Si de leurs Chatelains est hissé l'étendard.
Hélas ! l'illusion s'enfuit avec l'espace ;
A peine des blasons on reconnait la trace ;
Et des démolisseurs l'inflexible marteau ,
Des révolutions aidera le niveau !
Plus bas , entre les deux , se présentent Corneille
Qui sur le temple saint éternellement veille ,

Et le pic merveilleux consacré sous ie nom,
De l'archange vainqueur du mystique démon (1).
Au sommet, dans les airs, incroyable entreprise !
Se dresse vers les cieux la flèche d'une église,
Que des fidèles seuls les surhumains efforts,
Parvinrent à sceller à ce rocher sans bords.

De vos pieds douloureux oubliez les blessures,
Et du sort inclément les rudes meurtrissures,
O vous, simples croyants, véritables élus,
Les malheurs d'ici-bas ne vous atteindront plus!
Marqués du choix divin, mystérieux baptême,
Votre force est en vous : et, sous le diadême,
Entourés de respects, de flatteurs, de soldats,
Des chefs victorieux, des plus fiers potentats,
Sans ce signe d'en haut la grandeur est chimére;
Leurs gloires sont néant, fragilité, misère;
De leur superbe orgueil ils s'énivrent en vain,
Ils s'évanouiront comme un fantôme vain,
Eh! que vous font à vous les revers, la souffrance,
L'oubli, la trahison? Une noble espérance
Soutient vos pas tremblants dans les mauvais sentiers:
Après la mort au ciel vous serez les premiers.

Si vous avez souffert, vos peines sont finies,
Et vous avez conquis les grâces infinies.

(1) Le rocher Saint-Michel.

Chantez l'hymne de joie; un nouvel horison
Va souvrir devant vous ; la céleste Sion,
Ce but tant désiré d'un pénible voyage ,
Le port qui vous fuyait comme un trompeur mirage,
L'oasis ombrageux dont vos yeux délirants
Cherchaient la place au loin sur les sables brûlants ;
A genoux ! le voici;... vos lèvres altérées
Par l'ardeur de la soif, convulsives, serrées,
De bienfaisantes eaux sentiront la fraîcheur ,
Et vous serez lavés des taches du pêcheur.
Car ici vous boirez à la source de vie ,
Piscine salutaire où tout se purifie ;
D'où les corps languissants ressortent vigoureux,
Et les cœurs ébranlés, fermes et courageux.

Ah ! conservons l'honneur de notre basilique,
Des âges éloignés vénérable relique.
Enfants abaissons-nous devant ses murs noircis
Depuis plus de mille ans sur leur bases assis !
N'allons pas exhumer les secrets de la pierre ,
La croyance, est-il dit, suffit à la prière....
Quelle est belle le soir quand le soleil couchant,
De son dernier reflet la dore en se cachant ;
Illuminant de feux sa blanche mosaïque ,
Ses vitraux scintillants et son dôme Angélique !
Tandis qu'à ses côtés, son clocher orgueilleux
Et de son vaste fort les crénaux sourcilleux,
Immobiles gardiens, se perdent dans les ombres ,

Apparaissant aux yeux plus tristes et plus sombres (1)
Alors de Saint-Mayol la formidable tour
N'avait pas succombé, détruite en un seul jour (2).
Avez-vous parcouru le cloître solitaire,
Des méditations séjour dépositaire,
Sans sentir la langueur d'un long abattement,
Jeter à vos esprits un doux receuillement ?
Le cloître ! couronné d'un bandeau de sculptures,
Aux dessins variés, aux divines figures,
Asile de la paix aux toits silencieux,
Où priaient en repos de bons religieux,
Humble s'épanouit près de la citadelle
Qui le tenait caché sous l'abri de son aile.
Pour s'attacher ensuite aux voûtes de la nef
Comme s'attache au fut le timide relief.

Naguère on a tremblé pour ces restes antiques.
Porche, voûtes, autel, majestueux portiques,
Tout allait s'affaisser et tout devait périr!
Mais on vit aussitôt les savants accourir :

(1) Les Evêques du Puy étaient autrefois Seigneurs de la
ville. La cathédrale et leur résidence étaient entourées d'ou-
vrages fortifiés dont la partie la plus importante existe presque
en son entier.

(2) Abattue parce qu'elle menaçait ruine.

Députés et Prélats voués à sa défense (1),
Voulant aux arts entiers éviter cette offense,
Demandèrent aussi sa restauration,
Et purent conjurer sa destruction.
En tout sens aujourd'hui ses murailles ouvertes,
Recompensent leurs soins par mille découvertes ;
Des secrets enfouis, de bizarres beautés,
Jalons révélateurs sur des plans contestés,
Conduisent sûrement le labeur de l'artiste ;
Plus le combat est long, plus il faut qu'il persiste
Et sortant de la lutte enfin victorieux,
Son nom nous sera cher et vivra glorieux.

Après les transports dus à la reconnaissance,
Chacun répétera : Gloire à ta renaissance,
Magnifique fleuron des œuvres de la foi ;
Monument de ces temps où du Sauveur la loi,
Le pur enseignement et les saintes doctrines,
Faisaient battre les cœurs dans toutes les poitrines;
Où les hommes courbés, opprimés, asservis,
Trouvaient l'égalité sur le seuil des parvis ;
Où la fraternité, consolante maxime,
Attachait le plus grand au sort du plus infime ;

(1) M. Richond des-Brus, député de notre ville. — Son Éminence Monseigneur le Cardinal de Bonald ; et après lui Monseigneur Darcimolles, notre évêque actuel, qui n'a cessé ses instantes sollicitations que lorsque le succès a été obtenu.

(2) M. Mallay, architecte chargé de ce travail.

Où du libérateur l'énivrant souvenir,
Pour le perpétuer, les faisaient tous s'unir.

Ces dogmes bienfaisants du nouvel évangile,
Sapèrent des faux Dieux le piédestal fragile ;
Avec eux s'éffaça la longue fiction,
D'un monde corrompu triste aberration ;
Et ce monde abruti par le sensualisme,
Vint se régénérer dans le christianisme....
Ecoutons ! quel émoi dans tout Jérusalem,
Causé par le proscrit sorti de Béthléem !

La terre s'agita jusqu'au fond des entrailles ;
L'idole s'abîma derrière les murailles
De ses temples déserts ; les superbes Césars,
Atteints d'un vague effroi, palirent sur leurs chars.
Pourtant les ennemis n'étaient pas à tes portes,
O Rome ! et tu comptais d'innombrables cohortes ;
Ton peuple était toujours le peuple souverain,
Et tout obéissait au signe de ta main.
Un faible bruit parti d'un coin de la Judée ;
A peine a-t-il frappé ton oreille étonnée,
O puissant Empereur ! et comme un faible enfant
Que la frayeur saisit, te voilà chancelant !
Quel était donc ce bruit ? quelle grande nouvelle
Avait troublé la paix de la ville éternelle ?
Un homme, le dernier de sa pauvre tribu,
Du travail de ses mains ayant toujours vécu,

Un jour s'était levé, se disant le Messie,
Annoncé dans le temps à ses frères d'Asie.
On avait vu soudain les peuples empressés
Vers lui de toutes parts courir à flots pressés,
Avides d'écouter ses divines paroles
Et d'entendre expliquer le sens des paraboles;
Et cet homme n'avait ni trésors ni soldats,
Pour marcher avec lui dans ses rudes combats:
Son père en acceptant son divin sacrifice,
Voulut que des douleurs il vidàt le calice,
Et qu'avant de mourir, terrassé sous le poids
De sa longue détresse, il montàt sur la croix.

S'il les eut commandés, les terribles Archanges,
L'auraient enveloppé de leurs fortes phalanges,
Et tout serait rentré dans l'éternelle nuit....
Les docteurs alarmés s'agitent à grand bruit,
Disant que de Moïse on détruit l'écriture;
Le pharisien s'émeut, et de sa vie impure
Craint de voir dévoiler les secrets odieux;
Le juge au tribunal crie au séditieux,
Et les maîtres surtout attentifs aux esclaves
Vont renforcer la chaine et doubler les entraves:
Inutiles soucis, le grand mot est jeté,
Et le monde répond par le cri, liberté !

Les hommes attendaient une nouvelle aurore;
Le germe de salut venait enfin d'éclore.

Sur l'ancien édifice un autre s'éleva ;
A peine commencé le travail s'acheva.
Le sang du Rédempteur féconda la semence
Que ne put étouffer la fureur en démence
Des tyrans conjurés, ni de tous leurs bourreaux
Les fers frappant toujours sans rentrer aux fourreaux.
Des cendres des martyrs des martyrs devaient naitre ;
Les premiers désignés par les ordres du Maître
A venir après lui, succombèrent envain :
Rien ne put altérer cet éternel levain.

Mais que veut conquérir cette faible phalange
De pauvres inconnus ridicule mélange ,
Apôtres envoyés par un crucifié,
Que l'on a vu gravir, maudit, humilié,
Le pénible chemin qui conduit au Calvaire,
Où de quelque méfait l'attendait le salaire ?
Serviteurs de ce Roi dont le royal manteau
Fut un haillon de pourpre, et le sceptre un roseau !
Dont la main d'un soldat a souffleté la joue ,
Alors que triomphant il marchait dans la boue ;
Flagellé, poursuivi des clameurs d'Israël ,
Imposteur abreuvé d'une coupe de fiel ;
Dont l'épine fournit les nœuds de la couronne,
Et qui par le gibet s'éleva sur le trône !

Où vont ces ignorants , gens grossiers et obscurs ?
Comment préludent-ils à leurs exploits futurs ?

Quel sera leur drapeau ? Parlent-ils de promesses ?
Au riche ils prêcheront le mépris des richesses,
Pour un frère souffrant un peu de charité ;
Aux grands ils oseront vanter l'égalité.
Devant les débauchés ils flétriront le vice,
Ils offriront aux sens les pointes du cilice
En retour des plaisirs, l'absinthe au lieu de miel,
Au pauvre ils montreront l'espérance et le ciel !
Ils rediront à tous : Repentir ! pénitence !
Mais le fruit sera beau, car de l'intelligence
Le rayon sortira de ses cercles étroits ;
Forts de leur dignité, reconnaissant leurs droits,
Les hommes affranchis des liens de la matière,
D'un passé dégradant déserteront l'ornière.

L'esprit saint désormais les guidant de ses feux,
Dirigera leur marche et veillera sur eux.
Des ténèbres bientôt jaillira la lumière ;
D'un monument sans fin ils poseront la pierre
Qui pourra défier et la mer et le vent ;
Et du nord au midi, du fond de l'orient,
Jusqu'aux points ignorés où le jour va s'éteindre,
Il n'existera rien qu'ils ne puissent atteindre ;
Et toujours préparés de nouveaux successeurs
Reprendront le dépot de leurs prédécesseurs !

Et de cet Homme-Dieu vous la mère chérie,
Vase d'élection, douce et tendre Marie,

Des Vierges pur flambeau, dont le glorieux sein
De toute éternité choisi pour ce dessein,
Nourrit, immaculé, ce fils du Sacrifice,
Cet innocent Agneau qu'attendait le supplice ;
Accepté comme prix de l'expiation
Et devenu le sceau de la rédemption ;
Pauvre mère, salut ! bientôt toutes les Reines
Devant vous courberont leurs têtes souveraines ;
Devant vous les plus grands fléchiront le genoux,
Vous pourrez du ciel même arrêter le courroux....
Après vous finiront, avec un joug infâme,
L'abandon et l'oubli qui pesaient sur la femme ;
Esclavage honteux, opprobre immérité,
Outrage permanent à la Divinité !

Eh ! ne venons-nous pas d'une semblable essence ?
De nos droits et des siens montrez la différence ?
Lorsque le Créateur anima le limon,
Ne nous donna-t-il pas même part de raison,
Même cœur, même esprit et le même langage,
De vice et de vertu divisant l'héritage ?
Par vous s'est accompli son affranchissement
Et son front s'est levé de son abaissement.
La femme !.. Visitez ces retraites obscures,
Lieux d'angoisse et de cris, de pleurs et de tortures,
Hôtels pestiférés, sépulchrales maisons
Que la fièvre remplit de ses exhalaisons ;
Où gisent délaissés, les exilés du monde

Rejetés loin de lui comme un rebut immonde ;
Souffreteux, moribonds, étrangers, parias,
A qui l'on refusait la paille des grabats ;
Où s'étalent à nu les innombrables plaies,
De nos infirmités ces images trop vraies,
Dont l'aspect repoussant pourrait blesser vos yeux,
Et frapper de dégoût vos plaisirs et vos jeux.

Eh quoi ! vous hésitez... Voyez ces jeunes filles,
Virginales beautés, orgueil de leurs familles,
Promises à l'hymen, et qui possédaient tout :
O sublime leçon ! regardez-les debout,
De ces biens enviés saintement détachées,
Anges consolateurs sur ces couches penchées,
Dans leurs fragiles bras les mourants soutenir,
Panser des corps hideux, encourager, bénir ;
Sans craindre du poison l'atteinte dévorante,
Ni les coups de la mort de frapper haletante.

La femme nous soutient aux jours du désespoir,
Elle aplanit pour nous le chemin du devoir ;
Elle est encore là, quand l'ami se retire....
Vivant de dévoûment, elle se fait martyre.
Par la communauté partageant nos travaux,
Elle rend plus léger le poids de nos fardeaux.
Qui sait mieux du foyer charmer la solitude,
Et des plus noirs chagrins calmer l'inquiétude ?

Laissez-les blasphémer ces grotesques penseurs,
D'odieux préjugés ignobles défenseurs ;
Qui voulant tout salir dans leurs haines jalouses,
Sonnent aux carrefours la honte des épouses ;
Contre le sexe entier amassent des noirceurs,
Onbliant qu'ils ont eu des mères et des sœurs.
Mais si de ces discours la pudeur s'effarouche,
La bave retombant, rejaillit sur leur bouche.

Entre les mains de Dieu, le plus faible instrument
Devient un fort levier qui met en mouvement
Terres et nations ; qui construit ou renverse,
Annihile ou grandit , réunit ou disperse.
Admirons en tremblant ses terribles décrets,
Et suivons attentifs l'ordre de ses arrêts.

S'il choisit pour berceau la Crèche d'un étable ,
S'il revêt d'un proscrit la forme misérable ,
Il recevra demain, simboliques présens ,
Les métaux précieux, les parfums et l'encens,
Et l'adoration des trois Empereurs Mages ,
Des plus lointains pays apportant leurs hommages.
Attendons que le temps annoncé soit venu ;
Par de terrestres nœuds vainement retenu ,
Il n'écoutera pas vos ardentes prières ,
Et se dépouillera de ses langes grossières.
Vous l'entendrez alors, à l'égal des Tribuns ,
Mêlé parmi le peuple , apostropher les uns

En mots impérieux, encourager les autres,
Et préparer ainsi le début des apôtres....
Déjà, vous tressaillez au sourd frémissement
Produit par cette voix dont l'avertissement,
Du Temple et des Palais fait chanceler la voûte ;
Femme ne pleurez pas.... il doit suivre sa route !

Mais comment raconter les cruelles terreurs
De votre âme aux abois ; et toutes les horreurs
Dont vous fûtes témoin jusqu'au moment suprême
Où ce fils couronné du sanglant diadème ,
Déchiré par les clous, défaillant, vous quitta
Quand tout fut consommé sur le mont Golgotha ?

Vous avez épuisé la coupe d'amertume ;
Vous savez la douleur qui lentement consume ,
Cette douleur sans fin, implacable serpent
Qui dévore les cœurs triturés sous sa dent.

Si vous fûtes ici la mère infortunée,
Aux triomphes du ciel vous étiez destinée.
A chanter votre nom les Séraphins appris ,
Le redisent sans cesse aux célestes lambris.
Les mille Légions forment votre cortége ,
Après Dieu vous avez le plus beau privilége ;
Vous arrêtez son bras s'apprêtant à punir ,
Et quand vous demandez vous pouvez obtenir.
De ceux qui croient en vous , puissante protectrice ,
Même pour les pervers sûre médiatrice.

Votre immense bonté s'ouvrant à tous les maux
Procure à chacun d'eux des remèdes nouveaux.

Votre règne est partout: les maîtres des Royaumes,
Et les pauvres vivant abrités sous les chaumes,
A l'envi vont prier aux pieds du même autel,
Et font passer par vous leurs vœux à l'immortel.
De vous appartenir les cités orgueilleuses
Célèbrent votre culte en des fêtes pompeuses ;
Décorent vos palais d'ornements précieux,
Le malheur y suspend ses ex-voto pieux.

Dans les brumes perdu, surpris par la tempête,
Quand l'orage grondant éclate sur sa tête,
Vers vous le matelot se tourne suppliant,
Et, soudain comprimé, le flot se repliant,
D'un amoureux baiser le vent plisse la voile,
Car vous êtes des mers la secourable étoile.
Vous veillez au chevet du pâle agonisant
Qui cherche dans le vide un cœur compatissant.
Vous relevez celui que de la calomnie
Les traits ont déchiré; celui que l'on renie,
Maudit et bafoué comme fut votre fils,
Sur les persécuteurs remportera le prix.

Vous avez inspiré les plus nobles génies :
Vous nous avez valu les douces harmonies,
Les livres immortels, les chefs-d'œuvre de l'art ;
Raphaël, Titien, Chateaubriand, Mozart,

Tous les maîtres enfin des brillantes écoles,
Ont emprunté de vous l'élan de leurs paroles,
Leurs chants audacieux, l'éclat de leurs pinceaux,
Même sens reproduit par différents tableaux.

Au juste chancelant vous donnez le courage :
Sous vos yeux la vertu ne craint pas un outrage.
A l'âme du pêcheur vous octroyez le don
De l'heureux repentir qui gagne le pardon.
Et malgré les bienfaits que vous semez, Marie !
Jamais de vos faveurs la source n'est tarie.
Ainsi les purs trésors de l'amour maternel
Répandent leurs douceurs jusqu'au fils criminel.

D'un splendide passé rappelons la mémoire :
Disons ce qu'a laissé le burin de l'histoire,
Authentiques récits des faits contemporains,
Sans vouloir rajeunir des titres incertains,
Ni la tradition, ni les vieilles chroniques,
Suivant quelques esprits, menteuses, hérétiques.
Entendez-vous ce bruit ? Et quel est ce guerrier,
Du fond de ses états arrivant pour prier ?
Quelle pompe en ces lieux le suit et l'accompagne ?
Silence ! taisons-nous : c'est le Roi Charlemagne !
Ce fier dominateur de tout le continent,
Et surnommé plus tard Empereur d'Occident !
Au milieu de l'éclat de sa vaste épopée,
Devant le sanctuaire il abaisse l'épée

Qui reflétait l'effroi sur vingt peuples à lui,
Implorant vos secours, demandant votre appui.
Des Pontifes, des Saints, des Princes, des Monarques
De leur dévotion vous ont laissé les marques ;
Et nous lisons inscrits, Aquitaine, Aragon,
Et Sicile, et Bourgogne enlaçant le bourdon
Du premier des François et des Philippe-Auguste !
Celui qui d'outre-mer rapporta votre buste,
Honteusement vendu comme part de butin,
Et repris pour de l'or aux mains du Sarrasin ;
Saint Louis résigné quittant la Palestine,
d'Anis, Carmel français, visita la colline.
Le preux des chevaliers, celui qu'un fer breton
Immola sous les murs de Château-Neuf-Randon,
Magnanime héros, dont la terrible lance
De l'Anglais ennemi débarassait la France
Par ses armes cernée, et presque à son déclin,
A vous, à son départ, s'adressa Duguesclin.
Eh ! combien d'autres noms du sang le plus illustre
De vos autels sacrés ont augmenté le lustre,
Rendez-vous solennel de ces grands Jubilés,
Où viennent les Chrétiens de tous points appelés !

Notre siècle flétri, palpitant et sceptique,
Empruntant son allure à l'école cynique,
De sophistes rempli, peuplé de raisonneurs,
Insouciant s'en va, semblable aux moissonneurs
Du tranchant de leurs faulx abattaut toutes herbes,

Et les mêlant, le soir, en des faisceaux de gerbes.
S'ils avaient arraché les ronces du terrain,
S'ils avaient du mauvais séparé le bon grain,
Au lieu d'un mets impur, indigeste pature,
On aurait pour le corps la saine nourriture.
Ainsi l'intelligence et le cœur ont besoin
D'aliments savoureux, et choisis avec soin.
Ne leur jetez donc plus lourdement et sans trêve,
Vos turpides écrits, tristes produit d'un rêve ;
Insipides amas d'ordures et de son,
Qui séduisent les sens en trompant la raison.
Gardez votre venin, dégoutantes harpies !
Arrêtez-vous un jour fabricants d'utopies !
Ne vous contentez plus d'improviser des mots,
Et l'esprit percera les ombres du cahos.
Redressez les erreurs sans tuer la croyance :
C'est l'arche du veillard, le guide de l'enfance ;
C'est le vengeur du mal, l'impulsion au bien ;
Du riche, le salut ; du pauvre, le soutien.

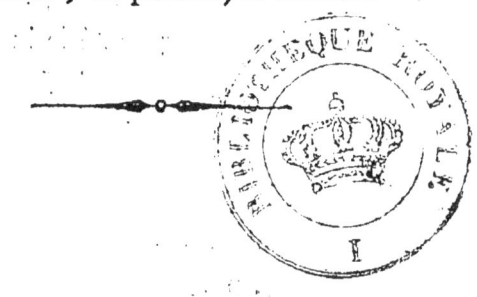

www.ingramcontent.com/pod-product-compliance
Lightning Source LLC
Chambersburg PA
CBHW061532170626
46811CB00004B/1927